尼尼要上學！

幼兒園的第一天

小惡魔尼尼
大草原幼兒園

圖 原愛美　文 Keropons　譯 米雅

夏天到了，
尼尼和小桃子
今天要去
大草原幼兒園
上學了。

「媽媽──
快點啦！」

「教室在這邊唷！
過來吧。」
「小桃子，快點！」

「哇！好多玩具！
我全部都想玩！」

「尼尼要來煮飯了！」

「啊ㄚ！ 他ㄊㄚ們ㄇㄣ在ㄗㄞ摺ㄓㄜ紙ㄓ！」

「他ㄊㄚ們ㄇㄣ在ㄗㄞ畫ㄏㄨㄚ圖ㄊㄨ！」

「啊！有積木！
尼尼要做火箭！」

「尼尼……」

「做好了！

「呼轟——！」

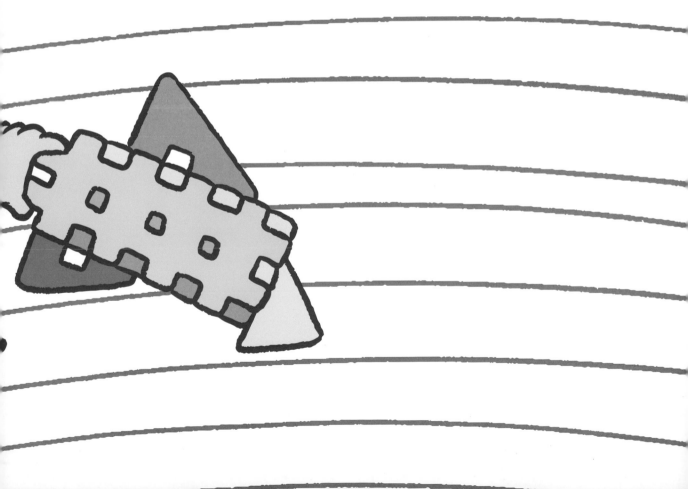

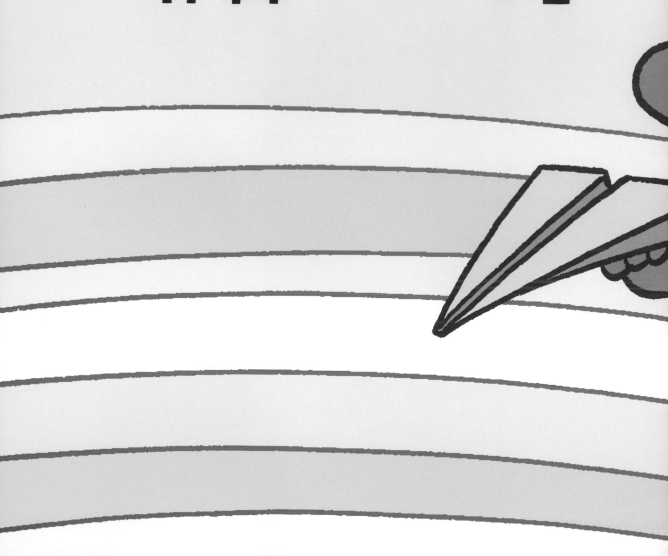

「嗚哇 ───────

「撞到頭了，好痛啊 ─！」

「哎呀呀！ 你們兩個
應該都很痛吧。
那就來唸魔法咒語：
『痛痛、 痛痛快飛走，
送給園長， 別煩我！』」

「哎ㄞ呀ㄧㄚ一 好ㄏㄠˇ痛ㄊㄨㄥˋ、 好ㄏㄠˇ痛ㄊㄨㄥˋ！」
有ㄧㄡˇ沒ㄇㄟˊ有ㄧㄡˇ誰ㄕㄟˊ要ㄧㄠˋ幫ㄅㄤ我ㄨㄛˇ揉ㄖㄡˊ一ㄧ下ㄒㄧㄚ？」

「園長！我來幫你一」
「我也要幫忙！」
「我也要！」

你ㄋㄧˇ們ㄇㄣ都ㄉㄡ好ㄏㄠˇ體ㄊㄧˇ貼ㄊㄧㄝ呀ㄧㄚ！
多ㄉㄨㄛ虧ㄎㄨㄟ有ㄧㄡˇ你ㄋㄧˇ們ㄇㄣ幫ㄅㄤ我ㄨㄛˇ，
現ㄒㄧㄢˋ在ㄗㄞˋ不ㄅㄨˋ痛ㄊㄨㄥˋ了ㄌㄜ。謝ㄒㄧㄝˋ謝ㄒㄧㄝˋ！」

「既然大家都集合了，
那就來唱歌吧！」

元氣寶貝，元氣寶貝，
耶耶耶！
同在一起，快樂更加倍。
元氣寶貝，元氣寶貝，
耶耶耶！
快快長大，一歲又一歲。
耶一！

「好了，
第一次上學的新生們，
回家的時間到嘍！」

「明天見！」

「媽媽——
我好想你！」

「尼ㄋㄧˊ尼ㄋㄧˊ！ 放ㄈㄤˋ學ㄒㄩㄝˊ啦ㄌㄚ！
媽ㄇㄚ媽ㄇㄚ也ㄧㄝˇ好ㄏㄠˇ想ㄒㄧㄤˇ你ㄋㄧˇ！」

看來，尼尼今天上學
應該是挺開心的嘍？

繪本 0360

尼尼要上學！幼兒園的第一天

圖｜原愛美　文｜Keropons　譯｜米雅

責任編輯｜張佑旭　美術設計｜蕭華　行銷企劃｜張家綺
天下雜誌群創辦人｜殷允芃　董事長兼執行長｜何琦瑜

親體暨產品事業群
總經理｜游玉雪　副總經理｜林彥傑
總編輯｜林欣靜　行銷總監｜林育菁
副總監｜蔡忠琦　版權主任｜何晨瑋、黃微真
出版者｜親子天下股份有限公司　地址｜台北市 104 建國北路一段 96 號 4 樓
電話｜（02）2509-2800　傳真｜（02）2509-2462　網址｜www.parenting.com.tw
讀者服務專線｜（02）2662-0332　週一～週五：09:00～17:30
傳真｜(02)2662-6048　客服信箱｜parenting@service.cw.com.tw
法律顧問｜台英國際商務法律事務所、羅明通律師
製版印刷｜中原造像股份有限公司
總經銷｜大和圖書有限公司　電話｜(02)8990-2588

出版日期｜2024 年 5 月第一版第一次印行
定價｜300 元　書號｜BKKP0360P　ISBN｜978-626-305-789-0（精裝）

訂購服務 ----------------------------
親子天下 Shopping｜shopping.parenting.com.tw
海外 · 大量訂購｜parenting@cw.com.tw
書香花園｜台北市建國北路二段 6 巷 11 號　電話｜(02)2506-1635
劃撥帳號｜50331356 親子天下股份有限公司

圖　原愛美

插畫家、藝術總監。
從人物設計至廣告界，創作跨足多領域。
以自家孩子兩歲時的模樣當參考，設計出寫實、惹人憐愛的小尼尼形象。

文　Keropons

增田裕子（Kero）和平田明子（Pon）所組成的音樂團體。為孩子量身訂作合適
的歌詞、歌曲，並為之編舞。除了親子演唱會之外，也在幼教人員相關講座中進
行演出。此外，亦發表繪本作品。

翻譯　米雅

插畫家、日文童書譯者，畢業於政大東語系日文組，大阪教育大學教育學碩士。
代表作有：《比利 FUN 學巴士成長套書》（三民）、《小鱷魚家族：多多和神奇泡
泡糖》（小熊）等。更多訊息都在「米雅散步道」FB 專頁及部落格。

國家圖書館出版品預行編目 (CIP) 資料

尼尼要上學！幼兒園的第一天 / 原愛美圖；Keropons 文；米雅譯. --
第一版. -- 臺北市：親子天下股份有限公司, 2024.05
40 面；20*19 公分. -- (繪本；360)
國語注音
ISBN 978-626-305-789-0(精裝)
1.SHTB: 社會互動 --0-3 歲幼兒讀物

861.599　　　　　　　　　　　　　　　　　113003739

立即購買 >